웃으며 안녕

웃으며 안녕

1판 1쇄 발행 2020년 1월 10일
1판 1쇄 발행 2020년 1월 20일

—

지은이 이난영

—

발행처 문학의숲
발행인 이은주

—

신고번호 제2005-000308호
신고일자 2005년 10월 14일

—

주소 (04029) 서울특별시 마포구 양화로7길 84 영화빌딩 4층
전화 02-325-5676
팩스 02-333-5980

—

—

값은 표지에 있습니다.
ISBN 979-11-87904-22-9 04810
ISBN 979-11-87904-19-9 (세트)

웃으며 안녕

이난영

문학의숲

〈작의〉

유난히도 죽음으로 떠나보낸 사람이 많았던 2년간을 겪으며, 자연스레 개인적 화두는 "죽음"이었다.

아무도 피해 가지 않는 이 죽음과 이별에 대해 떠나가는 자만큼이나, 떠나보내는 자들도 답 하나는 가지고 있어야 하지 않을까?하는 생각에 이 작품을 구상하게 되었다.

인디언이나 티벳사람들은 소중한 사람의 장례에 눈물을 흘리지 않는다고 한다.

그건 죽음을 영원한 이별로 보지 않았기 때문이다.

개인적으로 죽음 이후의 세상을 믿는 입장에서 나 역시 그들을 지지한다.

〈주제 및 컨셉〉

삶은 반드시 죽음으로 마침표를 찍게 마련이다.

태어난 이상 누구든 피해갈 수 없는 죽음. 이 죽음이 두려운 이유가 뭘까?

아마도 이별이 그 첫 번째 이유가 아닐까 싶다.

세상과의 이별, 소중한 것과의 이별, 육체와의 이별……

만약 죽음이란게 영영 이별이 아니라, 잠시 여행을 다녀오는 것 같은 이별이라면 우린 아마도 죽음이 그처럼 슬프거나 두렵지 않을지도 모른다. 꽃이 피고 지고 또 다시 피듯이, 죽음이 영영 이별은 아니기에.

이 작품은 4명의 상장례지도사들이 각기 다른 장례를 치러내면서

때론 유쾌하게. 때론 가슴 아프게 각자가 갖고 있던 상처들을 치유해가는 이야기다.

특히 아들의 죽음이란 트라우마 때문에 5년간 죽은 사람처럼 살았던 준혁이 몇 건의 장례와 자신의 스승이던 미순의 장례를 치러내면서,

제목 그대로 아들의 죽음을 〈웃으며 안녕〉할 수 있는 행복한 이별로 극복해내는 과정이다.

〈등장인물〉

이준혁(40) 5년 전 하나뿐인 아이를 잃고, 삶의 희망마저도 잃어버렸다.

그런 그가 대학 선배인 달호의 간곡한 부탁에 딱 한 달이라는 조건을 걸고

상장례지도사의 길에 뛰어든다.

장례일을 통해, 그는 많은 죽음과 이별에 직면하게 되면서

아들의 죽음에 대한 상처를 조금씩 치유하게 된다

강달호(49)　해밀상조 사장.

전통과 예법을 중시하는 탓에 그의 회사는 늘 적자다.

평생 자신의 뜻대로 살았던 까닭에 가정엔 소홀했던 그다.

아내가 암에 걸리고서야 그는 가정에 정착하고자 하지만,

아내는 죽음을 앞두고 그에게 폭탄선언을 한다.

고상운(28)　해밀상조 대리.

빼질거리고 가벼워 보이는 그는 개그맨 지망생이다.

일은 끝내줄 정도로 잘하지만, 그는 누구보다 상장례지도사란 직업이 싫다.

오랜 시간 염쟁이 아들로 살아온 까닭이다

오영은(26)　해밀상조 직원.

대학에서 장례지도를 전공한 그녀는 이 일이 숭고한 일이라고 생각한다.

그렇기에 고인에게 말을 걸고, 위로를 해줄 정도로

따뜻한 그녀지만

사실 그녀는 자신있게 자신이 상장례지도사라고

말하지 못한다.

〈그 외 (다역 가능)〉

*

조미순   준혁의 중학교 선생님, 죽음을 앞두고 스스로 해밀
          상조회사를 찾는다.

남편   미순의 남편

딸   미순의 딸

아들   미순의 아들

*

아들1   동운재단 큰아들. 상주

아들2   동운재단 작은아들. 상주

며느리1   동운재단 큰며느리

며느리2   동운재단 작은며느리

*

엄마   죽은 대학생의 엄마

아빠   죽은 대학생의 아빠

친구   죽은 대학생의 친구

*

아내   준혁의 아내
맞선남   영은의 맞선남
신사   달호 아내의 애인

0. 프롤로그

어둠 속, 실낱같은 빛줄기 사이로 목을 맨 남자의 모습이 보인다.

준혁소리　　　매일 밤, 난 영원히 눈뜨지 않길 바랬다.

쿵하는 소리와 함께, 남자를 비추던 빛이 사그러든다.

1. 해밀상조회사

긴 탁자 위에 놓인 시신 한 구

흰 가운을 입은 영은.

말없이 서서 시신을 지켜보고 서있는 준혁

영은   고인이 사망하면, 제일 먼저 몸을 바르게 해서 묶어줄 거예요.(손을 가지런히 배 위로 올리며) 남좌여우라고 들어보셨죠? 남자는 왼손, 여잔 오른손을 위로 가게해서 올려주시구요.(다리와 무릎을 묶는다) 무릎이랑 다리는 이렇게 붙여서 묶어주세요.(솜을 뜯어) 그리고 귀랑 코는 솜으로 막아주시고(함령[1] 들고) 입은 벌어지지 않게 함령으로 받쳐주면 수시는 끝이에요.(수시포 덮는다) 이렇게 안치실로 옮겼다가 24시간이 지나면 이젠 염습을 시작할 거예요.(수시포 다시 걷는다) 일단 상의랑 하의를 탈의시키고, 분비물은 깨끗이 닦아주셔야해요. 그 다음엔(주무른다) 굳은 관절을 풀어줄건데, 손, 팔꿈치, 어깨, 다리 순으로 조심스럽게 주물러주세요. 뼈에 수분이 빠져나가서 조금만 세게 해도 쉽게 부러지거든

---

1) 함령 시신이 입이 벌어지지 않도록 받치는 삼베로 만든 턱받이

요.(준혁 보며) 우리 사장님 말씀이요. 고인은 주무시는 분이다! 그렇게 생각하면 모든 게 간단해진대요.

시신 갑자기 상반신을 벌떡 일으켜 세운다.

상운이다.

상운, 숨이 차 벌개진 얼굴로 솜을 빼낸다.

영은   지금 일어나시면 어떡해요?

상운   나 죽을 뻔했거든요.(다리의 매듭 풀며) 아주 숨통을 막아요. 막아.

영은   아직 안 끝났다구요.

상운   (탁자 위에서 내려오며) 실습했겠지(준혁에게) 하셨죠?

준혁   아뇨.

상운   우리 꼰대님 완전 급했네. 이런 생초짜를 데려오시구. 하긴 경험있고 생각있는 사람이라면 여긴 안 오지.

영은   (무시하고 준혁에게) 제가 자료로 만들어 놓은게 있는데 보시면 이해가 쉬우실 거예요. 잠깐만 기다리세요.

상운   그러지 말고.(음흉하게) 자기가 눕지.(주무르는 시늉) 내가 손 맛 하난 끝내주는데.

영은, 상운을 노려보며 퇴장한다.

상운   귀엽다니까(의자에 앉으며) 돈 안 됩니다.

준혁   네?

상운   일은 퐁당퐁당이지. 회사는 간당간당하지. 막말로 하루에 한 명씩 예약하고 죽어주는 것도 아니고, 죽은 사람 기다리다 산 사람 굶어죽는게 이 일이라구.

준혁   네.

상운   일은 또 얼마나 빡세게요. 허구헌날 날밤 까지 조문객들은 술 처드시고 행패부리지.(공포분위기 조성하며) 지하철에 깔린 시신 본 적 있어요? 팔은 저기, 다린 여기. 머린 뭉개지고, 내장은 너덜너덜. 사람이 곱게만 죽는거 같죠? 아니거든요. 부패돼서 구데기가 우글거리는 시신, 물에 빠져서 살이 퉁퉁 분 시신, 17층에서 떨어져서 목 돌아간 시신. 화재로 새까맣게 타버린 시신. 바로 우리 고객들이죠. 저번 달엔 패혈증에 걸려 죽은 에이즈 시신이 들어왔는데, 온 몸이 피가 범벅이 돼서. 으으흐. 그 피 누가 닦았겠습니까?

납니다. 이게요. 시체 닦는 알바했네 어쨌네 개구라 떠는 놈들이 말하는 그런 간단한 일이 아니거든요.(충고하듯) 그러니까 이쯤에서 발 빼시죠.

준혁   그럴 겁니다.

상운   네?

영은   (책자 들고 나온다) 제가 대학 때부터 지금까지 데이터화 해놓은 건데, 보시면 이해가 쉬우실 거예요.

상운   헛다리 짚었습니다.

영은   네?

상운   안 하신답니다. 장례지도사.

영은   상장례지도사거든요.

상운   그거나 저거나.

달호   (양손 가득 과자봉지 들고 들어온다) 그거나 저거나? 내가 몇 번을 말해! 상례와 장례는 엄연히 다르다고, 상례란.

상운   (말 채며) 상례란 고인을 모시는 예법이오. 장례란 초종, 염습, 입관. 조문, 발인, 급묘, 우제까지의 절차로, 세부적으론 19개의 대절차와 60개의 소절차가 있다. 고로 고인에 대한 예의를 존중하고, 품위있는 의식을 지향하는 우리 해밀상조회사엔 장례지도사는 없다. 상장례지도사만 있을 뿐.

달호 아는 놈이 그래? 죽은 사람으로 장사하는 놈들이랑 우린 질적으로 달라.

상운 그러니 이 모양 이 꼴이죠. 남들은 광고 때려대고, 병원이랑 납골당에 영업 뛰느라 난린데.

달호 봉안당.

상운 네. 네. 봉안당. 하여튼, 전통이니 나발이니 다 지켰다간 굶어 죽는다구요. 제발 정신 차리시고.

달호 절이 싫음 중이 떠나!

상운 지금 떠나라고 했죠? 딴 말하기 없습니다.

달호 대신 이자는 7부다.

상운 와! 완전 악질이시네. 이자는 없는 걸로 해주겠다면서요?

달호 그거야 직원 할인이고. 7부 내기 싫으면 알아서 해.

상은 그 놈의 오백만원. 내가 갖고 만다.

영은 빨랑 갚으셔야할 텐데(봉지 보며) 센베네요.

달호 사거리에 팔더라구. 그래서 몽땅 쓸어왔지. 우리 집사람이 센베라면 사족을 못 쓰거든.(과자 꺼내서 나눠주며) 맛 좀 볼래?

영은 아뇨. 그럼 바로 포천 가시는거예요?

상운   회식한다면서요?

달호   (과자 들어보이며) 마누라한테 갖다주고 올라니
        까 기다릴래?(전화 거는)

상운   그냥 돈쓰기 싫다 그러세요.

달호   (쉿!) 여보. 내가 오늘 뭐 샀게? 센베! 지금 당장
        배송해줄테니 기다리고 있어……(표정 굳는, 조
        용한 곳으로 가는)

상운   (혀를 차며) 너무하시네. 진짜.

영은   쉿!

준혁 무슨 일인가 싶어 달호를 바라본다.

달호 전화를 끊고 오는 모습이 씁쓸하다.

달호   (애써 웃으며, 센베 주는) 이거 할머니 갖다드려.
        참! 내 소개 안했지. 이준혁이라고 내 대학 후밴
        데 오늘부터 같이 일할거야(보며) 꼴이 이게 뭐
        냐? 출근 첫날부터.

준혁   (난처한) 선배.

달호   내일 당장 수염부터 깎아. 머리도 자르고,(지갑에
        서 돈 꺼내주며) 옷도 하나 해입구.

상운   (영은에게) 봤어요? 꼰대, 아니 사장님 지갑에서
        돈 나오는거?(준혁에게) 혹시 뭐 약점잡고 있는

	거 있어요? 있으면 토스 좀.
달호	뺄 짓 말고, 다들 시간 있지?
영은	네.
달호	그럼 이준혁이 환영식으로다 간만에 기름칠 좀
	하자.
상운	있어. 분명히 있다. 약점.

영은의 전화벨 울린다.

영은	잠깐만요.(전화 받는) 네.
상운	(전화기 옆에 붙으며) 남자 목소린데. 뭐야? 빨랑
	자수해.
영은	신경 *끄시죠*.(돌아서서 통화하는) 네.
달호	(준혁에게) 안준 밀로 할래?
준혁	전 그만 가볼게요.
달호	가긴 어딜 가?
상운	그럼요. 주인공이 빠지면 안되죠.
달호	막창 어떠냐? 사거리에 죽이는데가 있거든.
상운	대박!
영은	(전화 끊고 오는) 어떡하죠? 전 오늘 회식 참가
	못할 것 같은데.
달호	왜?

영은	한마음장례나눔회요. 탈북하신 분인데 이쪽엔 가족이 없으신가요.
달호	(혀를 끌끌 차며) 얼른 가봐.
영은	내일 장례 잡힌 거 없으면 염까지 해드리고 올게요.
달호	그렇게 해. 없이 가신 분들 장례라도 잘 치러줘야지.
영은	먼저 퇴근하겠습니다.(퇴장한다)
상운	(김새는) 저도 그만 퇴장할랍니다.(준혁에게) 다음에 뵐 수 있음 봐요.

상운 퇴장한다.

달호	저 자식 진짜. 환영식은 다음에 하지 뭐.
준혁	나 선배 얼굴 보러 온거예요.
달호	헛소리 말고 나와.
준혁	못해요. 저.
달호	왜 못해?
준혁	아시잖아요.
달호	몰라.
준혁	죄송해요.
달호	죄송할 거 없어. 그리고 내 돈. 너 그거 갚는거야.

준혁	선배.
달호	(단호하게) 나 채무자야. 잔말 말고 내일부터 출근해.
준혁	돈은 갚을게요.
달호	뭘로? 뭘로 갚을건데. 집구석에서 폐인처럼 술이나 처먹고, 못하면 목이나 메는 놈이?
준혁	……
달호	5년이야. 5년.
준혁	……
달호	나 지금 어렵다. 정말 간판 내릴지 몰라. 그러니까 도와준다 치고 삼 개월, 아니 한 달만 참아. 그래도 정히 못 견디겠음 그땐 안 잡을테니.
준혁	선배 난.
달호	준혁아. 정말 나 좀 살려줘라.

준혁 한숨 쉰다.

노크소리.

미순 들어온다.

미순	저기……
달호	무슨 일이십니까?
미순	상담 좀 하려는데. 너무 늦었나요?

달호	늦다뇨. 앉으세요. 차 좀 드릴까요?
미순	아뇨. 괜찮습니다.(보며) 해밀상조. 이름이 참 좋네요. 비 온 뒤에 맑은 하늘.
달호	그렇죠? 죽음이란 게 해밀이란 말처럼 맑고 깨끗했으면 하는게 제 바람이거든요. 고인에게도 유족에게도.
미순	그랬으면 좋겠네요.
달호	일단 카타로그부터 보시죠.

달호 카타로그를 가지러 준혁 쪽으로 간다.

준혁	먼저 가볼게요.
달호	잠깐 있어.
미순	(일어서며) 이준혁?
준혁	?
미순	맞구나. 준혁이.
준혁	선생님?
미순	웬일이라니, 여기서 다 보구. 십 년 만인가? 은퇴식때 보고 처음이네.
달호	서로 아시는 사이세요?
미순	알다마다요. 중학교 3년 내내 담임이었는데.
달호	야. 이런 인연이 다 있네요.

미순	그러게요. 잘 살았지?
준혁	네.
미순	어머님은 건강하시구?
준혁	네.
미순	애들은 잘 크고?
달호	(분위기 전환하려 카타로그 넘기며) 상을 당하신 건가요?
미순	아직은요.
달호	예약이네요.(끄덕) 보시면 아시겠지만, 저흰 VIP 장례와 일급 장례 두 가지가 있는데, VIP장례는 일급 상장례지도사와 고급 리무진.
미순	그냥 제일 저렴한 걸로 해주세요. 죽는 마당에 욕심내서 뭐하게요.
달호	아……
미순	(카타로그 보며) 보니까 수목장이 있네요? 제가 폐쇄공포증이 있어서, 어쩌나 걱정했었는데. 수목장으로 하면, 봉안당이나 무덤처럼 답답하진 않겠죠?
달호	그럼…… 원하시는 게 선생님 장례이신가요?
미순	네.
달호	잘 생각하셨어요. 요즘은 웰다잉에 대한 관심이 높아져서 미리 자신의 장례를 준비하는 분들이

많으시거든요.

미순   지금 계약할게요.

달호   근데 이게 말입니다.

달호   지금 말씀입니까?(다른 자료 주며) 하늘상조 보험 팜플렛인데 이 번호로 다시 상담 한 번 받아 보세요. 저흰 상조회사라 미리 가입해두게 되면, 혹시나 문을 닫게 되면 곤란해질 수도 있으시거든요.

미순   길어야 한달이라는데, 발품 팔아 뭐하게요? 그냥 할게요.

놀라는 준혁

달호   아……(계약서에 적는) 존함이?

미순   조미순. 아름다울 미자에 순할 순.

달호   예. 서비스는 일급으로 하시고, 묘는 수목장으로

미순   혹시 답사가 가능할까요? 새집은 직접 골랐으면 하는데.

달호   (끄덕하는) 그러세요. 언제든 연락만 주시면 저 친구가 안내해 드릴겁니다.(준혁에게) 앞으로 조 선생님 담당은 이대리니까 특별히 신경써드려.

준혁   (당황하는) 선배.

미순　　　(악수 청하며) 잘 부탁한다.

준혁 미순을 손을 잡지 못하고, 우두망찰 서있다.

조명 어두워진다.

2. 빈소

영정 사진이 없이 꾸며진 제단.

화환을 들고 들어와 입구에 놓는 달호, 상운.

상운 화환 봤어요? 백 미터는 늘어서 있더라니까요. 국무총리에, 오성전자 회장에, 맞다. 탤런트 김지희꺼도 와있구. 이왕 갈 거 이렇게 폼 나게 가야 하는데. 어디서 이런 대어를 물었대요?

달호 고인이 물고기냐! 물게? 하여튼 저 상놈의 주둥아리.

상운 고인 앞이거든요.

달호 저, 저. 참자. 참아.

상운 그나저나 후밴지 뭔지 그 분, 안 온다죠?

달호 오, 올거야.(전화 거는)

상운 안 온다에 삼겹살 겁니다.

달호 (전화 받지 않아 초조하다)

상운 그냥 일월상조에 SOS 청하시죠. 조문객들 금방 들이닥칠 텐데.

달호 한 번만 더 해보고.

상운 벌써 열 통 넘었거든요.

달호 핸드폰 거는데 준혁 들어온다.

달호   (반가운) 야! 임마. 전화가 시계냐!(얼굴 찡그리며) 또 밤새 폈구만.

준혁   사람 구할 때까지만이에요.

달호   그래, 알았어.

준혁 상운 옆으로 가서 화환을 옮긴다.

상운   오셨네요. 안 온다에 한 표 걸었는데.

준혁   저쪽으로 옮기면 되죠?

상운   네.

달호   (상운 보며 웃는) 오늘 삼겹살 포식하겠다. 그치?

상운   쳇.

달호   그나저나 영정사진은 왜 안 도착하는거야?

상운   병원 앞이라던데.

영은 영정사진 들고 등장한다.

영은   죄송해요.

달호   왜 이리 늦었어?

영은   (영정 사진 놓으며) 경호원들이 입구를 막고 있어서요.

달호 (혀를 끌끌 차며) 뭔 죄를 지었길래 유난을 떤대.

상운 혹시 조폭아닐까요? 서방파나 칠성파같은.

준혁 동운재단 회장님이세요. 의약회사로 시작해서, 5년 전에 코스닥 상장하고, 보건병원 인수해서 작년에 재단 설립했는데, 그 때 말들이 좀 많았어요. 정치권 특혜다 기업사냥이다.

상운 (의외다) 여기 다니셨었어요?

달호 이 놈이 폐인 같아 보여도 한 땐 잘나가는 증권맨이었다구.

상운 에이, 설마?

달호 투자할 것 있음 이 놈한테 술 한 잔 사. 솔찮을거다.

상운 근데 뭐하러 이딴 일을 하신대?

영은 이딴 일이라뇨? 상장례지도사가 얼마나 숭고하고 고귀한 일인데.

상운 솔직해보시지? 막말로 내가 장례식장서 일했음 좋겠어요? 아님 방송국에서 폼나게 일했음 좋겠어요?

영은 (어이없다) 다 좋아요. 고대리님만 아니라면.

상운 또 없는 말 한다.(자랑스레) 내가 말했나?…… 방송국에서 연락왔다는 거? 개그맨 시험 1차 합격

했다네. 아주 우수한 성적으로.

뽐내며 주위 보면. 다들 일하느라 정신없다.
김이 새는 상운.
상운 준혁을 슬쩍 구석으로 끌고간다.

상운　　　아는 누님 남편이요. 작전하는 분이거든요. 근데
　　　　　이번에 하긴영어란 곳에.
준혁　　　이미 튀었어요.
상운　　　아니, 그 누님 남편이 하신다니까요.
준혁　　　작전하는 놈들은 가족부터 속입니다.
달호　　　노냐들!

상운 김 빠진다.

상운　　　아~ 이 놈의 짓을 때려칠 GOOD 기횐데.
영은　　　근데 상주분들이 안 보이시네요?
달호　　　그러게. 코빼기를 안 보이네.

아들1(이하 아들1) 전화 통화하며 들어온다.

아들1　　　신문사고 어디고 다 돌려…… 이 참에 동운재단

이 이 장훈식꺼라는거 못 박자구.(전화 끊는)

화려한 메이크업에 머리까지 잔뜩 멋을 낸 며느리1(이하 며느리1) 들어온다.

아들1   왜 이제 와?

며느리1   기자들 불렀다면서요?

아들1   기자들 오기 전에 빨리 상복으로 갈아입어.

며느리1   이것도 상복이에요. 위아래 검은색. 내가 이거 공수하느라 얼마나 애썼는데.

아들1   (답답한, 영은에게) 상복 하나 줘요.

며느리1   촌스러워 싫은데.

영은   상복은 입관식 끝나고 입으셔야하는데요.

며느리1   거봐요. 지금 입는 거 아니라잖아.

아들1   아니긴 뭐가 아냐.(영은에게) 얼른 하나 꺼내와요

달호   저기 상주님. 입관 끝나고 성복하시는게 고인에 대한 예입니다.

아들1   당신이 상주야?

달호   그게 아니구요. 우리나라 상례란게.

상운   (달호 저지하며) 제가 금방 가져다드리겠습니다.

상운 나간다.

아들1　(화환 보며) 이걸 왜 여기다 놔뒀대? 어이,(달호에게) 이거 내다놓고, 밖에 국무총리껄로 들여놔요.

달호　(억지로 웃으며) 그러죠(준혁에게) 들자.

달호와 준혁 화한 들고 나간다.

밖에서 시끄러운 소리 들린다.

며느리1　도련님 왔나봐요. 어떡해요?

아들2와 며느리2 흥분해서 유서 들고 들어온다.

아들2　(유서 보이며) 뭐? 동운재단 주식 80%를 장남에게 넘겨?

아들1　아버지 뜻이셨다.

아들2　뜻? 오락가락하는 노친네한테 억지로 지장 찍게 해놓고, 뭐?(찢어서 던지며) 이건 무효야.

영은　저기 빈소에서 싸우시면 안되세요.

아들1　따지려면 아버지한테 따져.

아들2　(영은 밀치며) 끝까지 가보시겠다?

나뒹구는 영은.

들어오는 달호, 준혁, 상운.

준혁	(달려가 영은 일으키며) 괜찮아요?
영은	전 괜찮아요.
아들1	형제끼리 이러는 거 꼴상 사납다.
아들2	형제? 우리가 형제야? 동생들 재산 가로채는게 형제냐구?
달호	지금 뭐하시는 겁니까?
상운	(달호 구석으로 끌고 가며) 참아요.
아들1	동운의료기 튼실해. 연매출 20억이다.
아들2	노른잔 니가 먹을테니 난 부스러기나 먹고 떨어지라고?
아들1	주울 수 있을 때 주워.
며느리2	우리가 거지에요? 줍다뇨?
상운	(말리려는 달호에게) 집안일이에요. 집안일
달호	그래. 이거나 마저 옮기자.
아들1	정히 억울하면 유류분 반환청구 소송해.
며느리1	(놀란) 여보!
아들1	법이 들어줄진 모르겠다만.
아들2	(주먹으로 아들1 친다) 개자식.

놀란 달호와 준혁 흥분한 작은 아들을 떼어놓는다.
상운은 혀를 차며 불구경하듯 한다.

달호	이게 뭐하는겁니까? 아버님 빈소에서.
아들2	당신은 뭐야!
아들1	그만하자. 사람들 앞에서 이게 무슨 추태야.
며느리1	여보 괜찮아? 왜 사람을 때려요. 깡패처럼.
며느리2	도둑질을 하니 맞지!
며느리1	뭐? 아휴 혈압이야.
상운	아주 진상들을 떠네.
영은	쉿!
아들2	(준혁의 손을 뿌리치며) 장부! 강의원한테 보낸 비자금 장부. 그건 생각 못했나 보지?
아들1	뭐?
며느리1	비자금이라뇨?
아들2	어떡하냐? 이제 콩밥 좀 드실 덴데. 반찬 투정 심하신 양반이.
아들1	이 자식이! 감히 날 협박해!

아들1 아들2를 향해 어퍼컷을 달린다.

나딩구는 아들2. 달호와 준혁 아들2를 부축한다.

달호	괜찮으세요?

아들2 달호를 밀치고, 아들1에게 하이킥을 날린다.

달호   돌겠네.

아들2   개새끼.

영은   (상운에게) 좀 말려봐요.

상운   왜요? 이만한 쇼가 어딨다구. 잘한다.

준혁   (아들1에게) 괜찮으세요?

며느리1 어디서 행패에요? 행패가!

며느리1 가방으로 아들2를 때린다.

며느리2 (며느리1 밀치며) 넌 빠져.

며느리1 너? 동선 위아래도 없어!

영은   정말 왜들 이러세요.

며느리2 놀구있네. 불륜녀 주제에.

며느리1 야!

며느리2 며느리1에게 달겨든다.

영은 말리다 며느리1에게 얼굴을 얻어 맞는다

상운   괜찮아?(폭발한다) 진짜! 그만들 하라구!

달호   (준혁에게) 넌 상주 맡아. 난 이쪽 맡을테니까.

상운과 준혁 아들2와 아들1의 싸움을 말린다.

달호와 영은은 며느리1과 며느리2를 말린다.

장례식장은 싸움으로 누가 아군인지 적군인지 모를 정도로 엉망진창이다.

기자 들어온다.

기자   여기가 장남길 회장님 빈소 맞죠?

서로에게 주먹질을 하던 아들1과 아들2 갑자기 언제 그랬냐는 듯 슬픈 표정으로 서로를 다독인다. 엉망이된 며느리1과 며느리2도 서로를 안쓰럽다는 듯 눈물지으며 카메라를 향해 고개 돌린다.

아들1   이렇게 와주셔서 감사합니다.
아들2   이렇게 와주셔서 감사합니다.

어이없는 달호, 준혁, 상운, 영은.
네 사람만 바닥에 뒹군 채 조명 어두워진다.

3. 장례식장 복도

달호 얼굴에 얼음찜질을 하며 앉아있다.
준혁과 상운. 영은 들어온다.

상운   이판사판 싸우더니 아예 개판에 난장판을 만드네.

영은   부자라고 다 행복한 건 아닌가봐요.

달호   돈이 인생의 전분 아니니까.(영은에게) 입관식은?

영은   끝내긴 끝냈는데(한숨) 아들1만 참여했어요. 오
아라썬 시신 보기 겁난다고 안 들어오고, 아들2
내외는 변호사 만난다고 가버리구. 딸은 유산 못
받는다고 아예 오지도 않았나봐요.

상운   돈이 웬수냐? 자식이 웬수냐? 그것이 문제로다.

달호   이게 다 돈이 자식을 키워그래.

영은   그깟 유산이 뭐라고.

상운   그깟이 아니지. 그런 말도 몰라요? 유산은 다 주
면 굶어죽고, 안 주면 맞아죽고, 반만 주면 볶여
죽는다구.

달호   말세야. 말세. 옛날엔 부모님 돌아가시면 삼년을
죄인으로 살았는데.

상운   다 옛날 얘기라구요. 장례식장에서 악수 건네는
판에. 무슨.

영은　　　고인만 안됐어요.

상운　　　안될게 뭐 있습니까? 누릴 거 다 누리고, 입을 거 다 입고, 떵떵 거리며 행복하게 잘 살았을텐데.

달호　　　난 잘 살았다. 그게 다 착각이니 문제지.

상운　　　원래 행복도 불행도 다 착각에서 오는 겁니다. 착각이야말로 인간 발전의 위대한 원동력이다! 고.상.운.(스스로 대견한) 근사한데.

영은　　　하긴 착각하면 고대리님이시죠.

상운　　　내가 뭘?

영은　　　모든 여잔 30분 안에 넘어온다면서요?

상운　　　질투하는거? 걱정 붙들어매셔. 난 온리 오영은이니까.

영은　　　어쩌나. 나 곧 상견례할건데.

상운　　　뭐?

영은　　　애기했잖아요. 선 봤다구.(일어서며) 석식 준비하고 올게요.

영은 퇴장한다.

상운　　　다 가는구나. 다 가! 님도 가고 남도 가고, 에이 젠장.

상운 퇴장한다.

달호   인생 참 좆같아. 그 양반도 혼자 잘 살자고, 달려
        온 건 아닐텐데. 자식이란 놈들은 서로 더 갖겠다
        고 싸움질이나 하고 앉아있으니…… 이 일을 하
        다보면 말야. 죽음이란 게 삶의 성적표같단 생각
        이 들어. 낙제점 안 받으려면 나도 잘 살아야하
        는데…… 어떻게 사는 게 잘 사는걸까? 돈을 많
        이 버는 것도 아닌 것 같고, 이름이 나는 것도 아
        닌 것 같고. 어렵다. 사는 게 너무 어려워.(한숨)

달호 핸드폰 울린다.

달호   (얼굴 잔뜩 찌푸리며) 이 놈의 건물주 드럽게도
        달달 볶네.(번호 확인하고 표정 굳는다. 전화 그
        대로 주머니에 넣는다)

준혁   누구에요?

달호   이…… 있어.(한숨)

준혁   월세 많이 밀렸어요?

달호   많이는 아닌데…… 니 형수 병원비까지 내려니까
        조금 벅차네.(한숨) 요즘은 대리도 힘들어. 밤에
        나가면 버스 정류장이고, 건물 앞이고 죄 대리

야. 술 마실 일도 늘고, 대리도 늘고, 돈 쓸 일도 늘고. 주는 건 주머니밖에 없다.

준혁 ······ 형수는 좀 어때요?

달호 그냥 그래

준혁 여전히 수술 않겠대요?

달호 한두 달 더 살자고 고통스럽긴 싫댄다. 품위 있게 가겠대(한숨) 운도 지지리 없지. 나같은 놈 만나서 마음 고생, 몸 고생, 고생이란 고생은 다하고, 이제 좀 정 붙이고 살자니까 덜컥 병이나 걸리고.

준혁 잘해드리세요. 형수님한테,

달호 그래야지······ 근데 니 형수가····· 아니다. 말 말자.(웃으며) 어쨌든 니 덕분에 한 시름은 놨다.(보며) 고맙다. 와줘서.

핸드폰 울린다.

흠칫하는 달호.

준혁 제거예요.

달호 (일어나며) 벨 소리 좀 바꿔.

달호 퇴장한다.

준혁 전화 받는다.

무대 구석에 아내 등장한다.

아내　　나야.

준혁　　말해.

아내　　이혼서류 보냈어.

준혁　　……

아내　　도장 찍어서 거실에 두고 나가. 내일 들러서 접수
　　　　할게.

준혁　　꼭 그래야해?

아내　　응.

준혁　　생각할 시간을 줘.

아내　　5년이면 충분하잖아. 그만 놔주자. 우리.

준혁　　싫다면?

아내　　더 싸울 힘이 남았어?

준혁　　……

아내　　나 이젠 살고 싶어. 살아지는 게 아니라 살아나가
　　　　고 싶다구.

준혁 고개를 떨군다.

아내 그런 준혁을 쳐다본다.

조명 어두워진다.

4. 수목장

새소리.

나무 사이로 비치는 햇빛의 그림자들.

미순이 탄 휠체어를 밀며 나오는 준혁.

미순   풀냄새.(크게 숨을 들이마신다)

준혁   좋으세요?

미순   매일 소독약냄새만 맡다가 이렇게 공기 좋은 곳에 오니 살 것 같아. 나무들이 어쩜 이렇게 좋다니? 이렇게 달라. 억지로 만든 거랑 자연 그대로랑은(눈이 동그래진다) 어머, 배롱나무네.(일어난다)

준혁   (부축하며) 괜찮으세요?

미순   너무 환자 취급마라. 아직 걸을만해.

미순 배롱나무를 천천히 돈다.

미순   봄은 봄이다. 그치?

나무 밑에 놓인 꽃을 집어든다.

미순   아직 싱싱하네. 아까 그 애기엄마가 놓고 간건가?

준혁   모르죠. 이 나무에만 열 분이나 묻히셨으니까.

미순, 나무에 달린 명패를 본다.

미순   어떤 사람들이었을까?

준혁   사랑받고 가신 분들일거예요.

미순   (보는)

준혁   제 생각이요.

미순   맞아. 이런 곳에 묻힌 분들이라면 충분히 그러셨을거야(명패를 향해) 모두 이승 일 훌훌 털어버리시고, 좋은 곳으로 가세요.

미순 꽃다발 내려놓고 묵념한다.

미순 다시 발걸음을 옮긴다.

미순   꽃망울 맺힌 거 봐. 기어이 꽃을 피우겠다고 저렇게 앙팡지게 붙어있다.

준혁   소나무도 꽃이 피네요

미순   낙엽도 지는걸

준혁   낙엽도요?

미순   소나무가 사철 푸를 것 같지? 얘도 봄이면 꽃 피고, 가을이면 낙엽지고 똑같아. 그게 자연 이치 잖니. 사람도 마찬가지야. 이 나무들처럼 피었다 지고 다시 피고.

준혁　다년생 생물이네요.

미순　맞다. 다년생 생물. 하나 가면 또 하나 오고······ 잠깐! 소쩍새야.(귀 기울인다. 미소지으며) 올핸 풍년 들려나보다.

준혁　네?

미순　어릴 적에 우리 아버지께서 그러셨거든. 소쩍새 가 소쩍소쩍 울면 흉년이고, 솥적다 솥적다 울면 풍년이라구.

준혁　(귀 기울이며) 전 잘 모르겠어요.

미순　사실은 나도 그래.

준혁　(보는)

미순　그렇게 듣고 싶은거야.(가슴을 가리키며) 이 마음이.

준혁　(피식 웃는다)

미순　웃으니 좋다. 예전에 니 별명이 방글이었잖니. 혼 이 나도 방글, 시험을 못 봐도 방글. 잘생긴 얼굴 가리지 말고, 수염 좀 깍고 다녀. 머리도 예쁘게 하구. 누가 보면 니가 내 남편인줄 알겠다.

미순의 남편 등장한다.

남편 나 두고 바람피기요?

미순 여보.

준혁 (인사하며) 안녕하세요. 선생님 제자 이준혁이라
고 합니다.

남편 아! 그 양반이로구만. 잘부탁드리오.

미순 여긴 어쩐 일이래요?

남편 저, 저 말하는 뽄때하곤. 내가 못 올 곳 오나? 나
도 손발이 있는 사람이야.

미순 손발은 있어도 눈치는 없으시지.(준혁에게) 저런
다. 모처럼 연애 좀 하려는데 꼭 초를 쳐요.

남편 저! 저!(준혁에게) 내 이래서 혼자 못 둔다구.(미
순에게) 딴 생각일랑 말어. 당신은 내 손바닥 안
이니까.

미순 내 뒤만 졸졸. 완전 애기야. 애기.

남편 나만큼 어른스러운 사람이 어딨나?

미순 라면도 손수 못 끓이는 양반이요?

남편 나 무시하나? 끓인다. 얼마나 잘 끓이는데. 라면
만 잘 끓이는 줄 아나? 내가 안 해 그렇지. 밥도
잘하고, 김치찌개도 잘 끓이고, 오징어볶음도 잘
하고, 또 카레도 잘하고. 얼마나 잘하는데. 내가!

미순	(슬프게 웃으며) 그럼 나 마음 놓고 가도 되겠네.
남편	모, 모른다! 난 아무것도 모른다. 밥도 다 태우고, 찌개는 맨날 짜고, 소금이 어딨는지 설탕이 어딨는지 난 모른다. 그러니까 내두고 갈 생각마라. 갈라믄 데리고 가던가.
미순	(순간 울컥하지만 이내 밝게) 하늘나라 가서도 당신 수발들라구? 싫네요. 미안하지만 난 멋진 남자 만나서 행복하게 살거랍니다.
남편	(눈물 참으려 시선 돌리며) 꿈 깨라. 나니까 니 평생 데리고 산거다.
미순	맞아요. 당신 아니었음 나같은 잔소리쟁이를 어찌 참어? 고마워요. 데리고 살아줘서
남편	…… 집은 정했나?
미순	당신은 어디가 마음에 들어요?
남편	니 좋은 데로 해라.
미순	고민이네. 다 마음에 드니.

미순 갑자기 걸음 멈춘다.

미순	여기에요…… 여기로 할래요. 내 집.
남편	치자나무 아니가?
미순	당신 알죠? 우리 시골 친정 입구에 치자나무가

가득했던거?

남편 그랬지. 들어가는 초입부터 치자꽃 냄새가 코를 찔렀으니까.

미순 학교 갔다오면 매일 거기 모여앉아 한참이나 수다를 떨었었는데…… 어쩌다 세월이 이렇게 흘렀을까?

준혁 치자나무 꽃말이 한 없는 즐거움이래요.

미순 그래? 마음에 든다.(남편에게) 당신도 마음에 들죠?

남편 니가 맘에 들면 난 무조건이다.

미순 이제 여기에 조미순 문패 거는건가?

남편 좋겠네. 새 집 생겨서.

미순 좋아요. 옛날 우리 처음 집 사고 문패 걸었던 그때처럼.(명패 보며) 여기 묻힌다 생각해서 그런가? 얼굴도 모르고 이름도 모르는 이 사람들이 다 이웃같고 친구같고.

남편 당신 오지랖이면 금세 친해질거다.

미순 네. 금세 친해질거예요.

미순 기침을 한다.

남편 괜찮나?

미순   괜찮아요.

남편   괜찮긴 뭐가 괜찮나. 잠깐만 기다려라. 내 차에서
      금방 약 가져 올테니까.

남편 급히 퇴장한다.

미순   괜찮다니까 저런다. 하여튼 저 양반도.

준혁   (휠체어 가져오며) 앉으세요. 제가 차로 모셔다
      드릴게요.

미순   아니, 잠깐만. 잠깐만 이러고 있자. 몸은 힘든데,
      마음이 너무 편해.

준혁   참지 마시고, 힘드시면 말씀하세요.

미순   아무래도 난 태생이 촌사람인가 봐. 서울서 40년
      을 살았는데도 이렇게 나무 많고, 흙 많은 데만
      오면 마음이 편해지는게.(한숨) 우리 아버지 어
      머니도 이런 데다 모셨음 좋았을 텐데.

준혁   그럼 여기로 이장하세요.

미순   고향 뒷산에 뿌렸는데 아파트가 죄 들어서서 찾
      기가 그래.

준혁   아…… 그래도 하늘나라에 가시면 다 만나게 될
      거예요

미순   응. 영영 이별인줄 알았는데, 이렇게 다시 만날

날이 있네. 생각해보면 죽는 게 마냥 슬픈 일은 아냐. 그리웠던 사람들이랑 다시 만나게 되는거 잖니. 우리 아버지, 어머니, 은사님, 먼저 간 친구 들…… 그러고보면 만날 사람은 다시 만난다는 말. 그게 정답인 것 같아. 너랑도 이렇게 다시 만 나고 말이다.

준혁   죄송해요. 그 동안 찾아뵙지도 못하구.

미순   (고개 저으며, 준혁의 손 잡는다) 마음 많이 아팠 지?

준혁   ……

미순   어머님이랑 통화했어.

준혁   네.

미순   많이 늙으셨더라.

준혁   ……

미순   준혁아.

준혁   네.

미순   어머님한텐 너도 자식이다.

준혁   (보는)

미순   살다보니 전부 잃은 것 같아도, 세상엔 전불 잃 는 사람은 없더라.

준혁   ……

미순   죽는다는 거, 담담한 척해도 사실 많이 겁나고

서글퍼. 왜 아니겠니. 당연하지. 근데 난 말이다. 사랑하는 사람들한테 내가 고통이될까 그게 제일 두렵다. 나 때문에 슬프고 나 때문에 괴롭고. 소중한 사람들에게 결국 죄를 짓는거니까(보며) 니 아들도 그렇지 않을까?

준혁   ……

미순   (웃으며) 니 아들 만나면, 너 어릴 때 사고친 거 다 얘기해줄거다. 겁나지?

준혁   여탕 훔쳐보다 걸린 건 비밀로 해주세요.

미순   그냥은 안되는데. 좋아! 비밀로 해주지 뭐. 대신 조건이 있어.

준혁   말씀해보세요.

미순   방글!

남편 땀을 뻘뻘 흘리며 물약통 들고 들어온다.

남편   얼른 먹어.(약을 준다)

미순   괜찮다니까(약을 먹는) 벌써 다 낳았네.

남편   (담요를 아내에게 덮어준다) 손도 넣고.

미순   요즘 내가 호강하며 산다.

남편   봄 바람이 차다. 그만 가자.

미순   조금만 더요. 저 뒤는 구경도 못했다구요.

준혁　　제가 밀게요.

미순　　(고개 저으며) 남편이랑 둘이 있고 싶은데. 당신
　　　　도 그렇죠?

남편　　(끄덕) 오늘 수고 많았소.

남편 90도로 인사한다

미순　　우리 아주 오래오래 뒤에 다시 보자.

준혁　　(울컥한다) 문병 갈게요.

미순　　그래.

미순이 탄 휠체어를 밀고 퇴장하는 남편.

준혁 미순이 간 곳을 한없이 바라본다.

준혁 핸드폰을 꺼낸다.

준혁　　어머니…… 저 준혁이에요.

조명 어두워진다.

5. 염습실

여대생의 시신이 염습대 위에 누워있다.

염습대 옆에는 관이 놓여져 있다.

사진 보며, 시신 얼굴에 화장을 하는 영은.

관을 한지로 채워넣고 있는 상운, 뭔가 골똘히 생각하고 있다.

준혁 입관도구를 챙겨들고 들어온다.

상운   이거 어떤가 좀 봐줘요. 다음 주 개그맨 시험 때 할건데. 안 웃기면 안 웃긴다고 얘기해야되요?. 진짜 객관적으로.(액션과 함께) 두둥두둥두둥 "드라마의 탄생!" 참! 여기에 진짜 드라마 장면 이 VCR로 나오고 있다 생각하시고 보세요.(업 된 톤으로) 요즘 드라마 뭔 재미로 보십니까? 욕 하는 재미로 보신다구요? 그러다 열받아 폭발 하신다구요?(눈 밑을 가리키며) 여기다 점만 찍 었는데 아무도 몰라. 놀랍네! 시어머닌데 알고보 니 친엄마야. 놀랍네! 모든 남자들이 한 여자한 테 꽂혀. 게다가 다 재벌이래. 재벌인데 맨날 놀 아. 놀랍네!(정색하며) 뭡니까? 이게? 그래서! 그 래서 저 고PD가 진짜로 리얼한 드라마 찍어볼라 니까 기대하십쇼. 오늘 찍을 드라마는 톱스타와

사랑에 빠지는 이야깁니다. 두두두두두! 드라마 스탠바이 액션! 여자주인공 들어온다. 톱스타한테 따귀 날린다. 톱스타 이글거리는 눈으로 여자주인공 보며 대사한다 "날 때린 여자는 니가 처음이야!" 두 사람 불타오른다. NG! 여자가 김태흽니다. 얼굴이 놀랍습니다. 현실엔 이런 절대 얼굴 없어요. NG에요. 김태희에서 오영은으로 배우 교체 들어갑니다.(영은을 향해) 길바닥에 널린 얼굴입니다. 진짜 리얼해요. 얼굴 OK입니다. 자! 다시 드라마 스탠바이. 액션! 오영은 들어온다. 톱스타에게 180도 풀스윙으로 주먹 날린. 톱스타 이글거리는 눈으로 쳐다보며 대사한다. "야! 경찰에 신고해!" 오영은 끌려나간다. 그리고 THE END!…… 진정한 리얼드라마가 탄생하는 그 날까지! 오늘도 고PD는 고고고!.(손 흔드는) 어때?

영은과 준혁 피식 웃는다.

상운　웃었어. 둘 다 웃었어. 앗싸!

준혁　재밌네.

상운　합격은 따논 당상이라니까. 진짜 이걸로 개콘 가면 끝장인데.

영은   어이없어서 웃은거거든요.

상운   웃었으면 장땡이지. 이게 지금 대충해서 그렇지 드라마 장면 VCR로 쏴주고,(영은의 얼굴을 가리키며) 이 비쥬얼로다 승부하면 진짜 대박이라니까.

영은   (노려보며) 저도 한 인물하거든요.

상운   오케이! 그 말도 안되는 자신감.(양 엄지 손가락 들며) 진정한 용자십니다!

영은   (관 보며) 장매[2]랑 지금[3]이나 까시죠!

상운   깝니다. 깔아.

상운 관에 장매와 지금 까는데, 달호 들어온다.

달호   입관식 준비 됐지?

영은   이제 다 됐습니다.

달호   (상운에게) 유족분들 모시고 들어와.

상운   네.

상운 퇴장한다.

---

2) 장매 : 입관시 관의 바닥에 까는 삼베

3) 지금 : 입관시 바닥에 까는 삼베요

달호	(관 보며) 보공[4]은?
영은	(보공 들며) 당연히 준비했죠. 솜 좀 주실래요?
준혁	(솜 가져오며) 수시할 때 넣지 않았어요?
달호	시신이 훼손되거나 많이 말랐다 싶으면 넣어서 원래대로 복원시켜야해. 그래야 유족들 마음이 덜 아프거든.(혀를 찬다) 안됐어. 한창 나이에.
준혁	(물끄러미 시신을 본다)
영은	넣는게 낳을까요?
달호	괜찮을 것 같은데.
준혁	웃고 있어.
영은	입꼬리가 올라가면 좋은 곳으로 간대요.
달호	편히 잠들었단 의미야……. 지훈이
준혁	(보는)
달호	그 놈도 웃고 있었다.

준혁 멍한 채 서있다.

영은	반함[5]해요?
달호	당연하지. 먼 길 가는데 노자돈 없이 어찌 가나?

---

4) 보공 : 시신이 흔들리지 않도록 관에 채워넣는 한지

5) 반함 : 시신의 입에 넣어주는 노잣돈으로 구슬과 돈, 쌀 등을 넣는 것

영은 반함에 쓰일 동전과 불린 쌀이 담긴 그릇을 들고 온다.

달호 시신의 입을 손으로 벌려 쌀과 동전을 물린다.

달호 아가씨, 좋은 여행되시게.

영은 반함은 요즘은 거의 생략하는 편이에요. 유족들
       이 해달라고 하면이나 할까.

달호 저승길이 패키지냐? 옵션 붙여 장사해먹게. 그나
       저나 왜 들 안 들어오는거야?(밖을 보며) 뭔 사고
       난 거 아냐?

영은 나가보고 올게요.

영은 나간다.

달호 마지막으로 관을 살펴보고 있다.

시신을 꼼짝하지 않고 보고있는 준혁.

준혁 한 번도 웃지 않았어요.

달호 뭐?

준혁 내 꿈에선 한 번도 안 웃었는데.

달호 못 가니까.

준혁 (보는)

달호 니 놈 꼬라지보고 차마 못 가겠으니까.

들어오는 유족과 상운, 영은.

쓰러질 듯 우는 엄마를 부축하는 아빠, 친구.

엄마   (시신을 껴안으며) 은애야…… 일어나…… 엄마

　　　　 왔잖아. 얼른 일어나봐! 얼른!

아빠   (엄마 일으켜 세우며) 진정해.

달호   입관식 시작하겠습니다.

달호와 상운은 지매[6]로 시신을 묶으려 한다.

엄마   손대지마! 손대지 말아요!(달호와 상운을 밀친

　　　　 다)

아빠   은애 엄마.

엄마   못 보내! 아니 안 보내! 우리 은애 아직 스물 둘

　　　　 이야. 인생 삼분 일도 안 살았어. 아직 대학도 졸

　　　　 업 못했구 남들 다하는 결혼도 못했구, 지 소원

　　　　 인 경찰도 못 됐어. 아무 것도, 아무 것도 못했는

　　　　 데 어떻게 보내! 어떻게!.

아빠   이러지마. 이러면 은애 진짜 못 가.

엄마   억울해. 우리 은애가 뭘 잘못했는데, 우리 은애가

　　　　 뭘 잘못했는데 데려가냐구!

―――――――――

6) 지매 : 한지로 만든 끈으로 시신의 몸을 묶을 때 사용한다

아빠	그만해! 그런다고 죽은 애가 살아돌아와!
친구	어머니 진정하세요.
엄마	(친구 밀치며) 여기가 어디라고 와! 나가! 당장 나가!
아빠	(친구 부축하며) 당신 정말 왜 이래! 은애 때문에 일부러 와준 애한데(친구에게) 미안하다. 이해해라.
엄마	너랑 거기만 안 갔어도 우리 은애 안 죽었어. 알아!
친구	죄송해요. 저때문이에요.
아빠	왜 이리 억지를 부려! (친구에게) 은애가 원해서 한 일이야. 니 탓 아니다.
엄마	왜 우리 딸만 죽었냐구? 다들 멀쩡히 살아있는데. 왜!
달호	진정들 하시구요. 따님 마지막 길 배웅해주셔야죠.
엄마	(시신 가로막으며) 오지마! 오지말라구!
아빠	은애 엄마!
준혁	(시신을 얼굴을 보며) 웃고 있어요.

시선들 준혁을 향한다.

준혁   따님 웃고 있다구요.

엄마 딸의 얼굴을 바라본다.

아빠 딸에게로 다가가 먹먹하게 얼굴을 본다.

아빠   웃고 있네. 우리 딸이 웃고있어.

준혁   웃으며 배웅해주세요.

달호   준혁아.

엄마   (준혁을 치며) 웃으며 보내? 당신이 자식 보내는 심정이 뭔지 알아? 아냐구?

아빠   여보!

준혁   12살이었습니다. 죽은 제 아인.

정적

준혁   인정이 안돼서, 보낼 수가 없어서 잘 가란 말도 못했어요. 마지막 얼굴도 제대로 보지 못하고 떠나보냈습니다…… 그게 아직도 미안하고 원통해서……(말이 흐려진다)

달호   (준혁에게) 나가있어.(유족에게 90도로 인사하며) 죄송합니다.

아빠   (시신에게 다가가며) 딸아인 유독 정이 많았습니다. 그래서 친구도 많고, 따르는 사람들도 많고. 이번에도 강원도에 봉사활동 간다고 갔었는데……(시신의 얼굴을 쓰다듬으며) 은애야. 아빤 니가 정말 자랑스럽다. 넌 누구보다 착하고 사랑스런 아이였으니까…… 엄만 아빠가 잘 보살필테니까 아무 걱정말고 좋은 데로 가. 가서 니가 하고 싶은 거, 먹고 싶은 거, 입고 싶은 거 맘대로 해. 알았지?…… 그리고 지금처럼 웃으며 살아야 된다.

아빠 조용히 눈물 흘린다.

아빠   (친구에게) 인사할래?

친구   (눈물 닦으며) 은애야. 너 알지? 늘 니가 나의 넘버원이었던거. 그리고 앞으로도 그럴거란거. 넌 정말 멋있는 친구였어.

아빠   고맙다(엄마에게) 그냥 이대로 보낼거야?.

엄마 여전히 차마 딸을 보지 못하고 얼굴을 돌린다.

아빠   (엄마의 어깨를 잡고 시선 맞추며) 은애 기숙사로 돌아갈 때면, 지 엄마 울까봐 몇 발자국 떼었다 돌아오고, 다시 가고. 그러다 결국 기차 놓쳐서 허둥댔던거 당신 기억나지?…… 우리 오늘은 울지말고 보내주자. 응?

엄마 힘겹게 고개 끄덕인다.
아빠 따스하게 엄마의 어깨를 토닥인다.

엄마   22년 동안 엄마 너 때문에 많이 행복했고, 또 너가 있어 많이 고마웠다…… 나중에, 나중에 다시 만날때 부끄럽지 않게 엄마 잘 살게. 그러니까 너도 거기서 행복해야돼. 알았지?…… 사랑해…… 사랑한다. 우리 딸.

엄마 시신을 꼭 끌어안는다.
숙연해지는 모습들.

준혁   우리 지훈이도 행복할까요?

달호, 고개를 끄덕이며 준혁의 어깨를 토닥인다.
조명 어두워진다.

6장. 장례식장 앞

벤치가 놓은 야외 로비.

무대 밖에서 싸우는 소리, 우는 소리가 들린다.

등장하는 준혁과 달호.

준혁   괜찮을까요?

달호   지들이 알아서 하겠지. 내 손 떠난 일이야.

준혁   큰소리 없이 끝나서 부조금 때문에 싸울거라곤
         생각 못했어요.

달호   현실이니까. 사실 부조금이란 게 다 빚이잖냐. 와
         줬으니 가줘야하고. 그러니 지 몫은 챙겨야 억울
         하지 않다 싶은 세지.(한숨) 장례비 갖고 싸움나
         는 꼴 안 보려면, 나도 갈 돈은 마련해놔야하는
         데(전화벨 울린다. 번호 보고 울상이다) 안녕하
         세요…… 저기 제가 모레 돈이 들어와서요. 들어
         오면 바로 넣을테니까 조금만 기다려주세요……
         네. 알겠습니다…… 죄송합니다(전화 끊는) 꼴랑
         사무실 하나 가지고 유세는.

준혁   건물주에요?

달호   너 돈 없냐? 내 금방 융통해서 줄테니까…… 아
         니다. 못들은 걸로 해라.

준혁	많이 힘든거예요?
달호	어떻게든 살아지겠지 뭐. 걱정마.

신사 등장한다.

달호 담배를 하나 꺼내드는데 신사와 눈이 부딪힌다.

신사 달호에게 90도로 인사한다.

신사	전화를 안 받으셔서.
달호	당신이랑 할 말 없소.
신사	잠깐이면 됩니다(봉투 꺼낸다) 받아주십쇼.
달호	뭐요? 이게.
신사	송미씨 병원비에 보태주셨으면 합니다.
달호	(봉투 던지며) 당신 왜 이렇게 무례해?
신사	보내달란 소리 안합니다.
달호	나도 그럴 생각없수다. 내 집 일은 내가 알아서 하니까 끼어들지 마쇼.
신사	(봉투 집어 다시 주며) 송미씨 좋은 곳에서 마무리하게 해주십시오.
달호	애틋해서 눈물이 나네.(돌아선다) 에잇!
준혁	사적인 얘긴 나중에 하시는 게……
신사	생각이 짧았습니다. 죄송합니다.

신사 묵묵히 돈봉투 들고 퇴장한다.

달호 먹먹한 얼굴로 앉아있다.

준혁 말없이 달호 옆에 앉아있는다.

달호	니 형수…… 남자 있댄다.

달호 니 형수…… 남자 있댄다.

준혁 그럼.(신사가 나간 쪽을 본다)

달호 그 자식 품에서 죽고싶대. 그러니까 자길 보내달
란다.(담배 피워무는)

준혁 어쩌실 거예요?

달호 어쩌긴 뭘 어째! 안 보내. 누구 좋으라구 보내?
나쁜닌! 순딩이같은 얼굴을 해가지고 사람 뒷통
수를 쳐?

준혁 그래서 복수하시게요?

달호 (보는)

준혁 뜻대로 사셨잖아요. 선밴.

달호 한숨 내쉰다.

영은 쇼핑백을 들고 급하게 등장한다.

영은 저기 이민남 상주님 못 보셨어요?

준혁 아뇨

영은 어휴. 금세 사라지셨네. 아버님 삼우제 잘 끝났다

	고(쇼핑백 보이며) 병원에 맡기고 가셨더라구요.
준혁	그럼 고맙게 받아요.
영은	그래도……
준혁	덕분에 편하게 가셨을거야.
영은	그러셨을 거예요. 주무시는 것처럼 가셨으니까. 근데 고대리님 아직 안 올라오셨나봐요?
준혁	12시까진 온다고 했는데
영은	개그맨 됐다고 엄청 잘난 척 하더니. 때려치려나 보죠 뭐.
준혁	섭섭해요?
영은	(정색하며) 서, 섭섭하긴요? 껌딱지 떨어진 것 같아서 얼마나 시원한데. 난 그, 그냥 우리 회사 걱정되니까.
달호	문 닫자!
영은	사장님.
달호	해산해.
영은	갑자기 왜 그러세요?
달호	오영은씨 일월상조에서 스카웃제의 왔었지. 그리 가라. 고대리 그 놈은 어차피 바빠질 놈이니까 상관없고(준혁에게) 너 빚 다 갚았다.
준혁	선배.
달호	마누라 병원비도 해결 못한 놈이 뭔 소명의식. 꼴

같잖아.

영은   사장님이 뭐라시든 전 안 가요!

달호   가!

영은   안 가요. 절대! 살아도 같이 살고 죽어도 같이 죽어야죠.

달호   내가 왜 너랑 죽냐. 각자 살아.

상운 어두운 얼굴로 등장한다.

그러다 세 사람 발견하자 애써 환하게 웃는다.

상운   오오. 대스타 마중나오셨나들?(분위기 파악하고) 분위기 왜 이래? 뭔 일 있었어요?(대답 없자) 진짜 있었나보네?

영은   해산이래요.

상운   해산?(농담조로, 임산부 흉내내며) 사장님 임신하셨어요?

달호   나 포천으로 내려간다.

상운   에?

준혁   선배.

달호   이번 달에 사무실 뺄테니가 그렇게 알고 다들 짐 싸. 오영은씬 예약하신 분한텐 죄송하다고 전화 돌리고, 일월상조로 연계해드려.

영은   사장님.

달호   (일어선다)

준혁   (잡으며) 선배.

달호   니 형수 가기 전까지, 못 해본 거, 안 해준 거 다 해볼거다. 더 늦기 전에.

달호 퇴장한다.

상운   왜 저런대요?

영은 고개 젖는다.

준혁 한숨을 내쉰다.

영은   전 염습 준비하러 일어날게요.

상운   오자마자 일이네.(일어나려는)

영은   여자분만 원하세요. 입관때만 들어오시면 될거예요.

영은 일어서는데 맞선남 등장한다.

맞선남   (영은에게) 저기 VIP 빈소로 가려는데.

영은   VIP 빈소요?

영은, 맞선남과 시선 부딪힌다.

놀라는 두 사람.

영은   정훈씨.

맞선남   영은씨.

영은   (당황스럽다) 아, 안녕하세요.

맞선남   이런 데서 만나네. 누구 상 당했나 봐요?

영은   그게……

맞선남   혹시 같은 데 온건가? 난 VIP 빈손데. 직장상사
              가 모친상을 당했거든요. 혹시 가족분이 상당하
              신 건 아니죠?

영은   아니에요.

맞선남   다행이네. 오래 걸려요?

영은   네?

맞선남   난 이런데 좀 찝찝해서. 조문만 끝내고 바로 갈
              생각인데. 괜찮으면 같이 저녁이나 먹죠.

영은   저기…… 오, 오늘은 곤란할 것 같아요. 회사로
              들어가봐야해서요.

맞선남   아무리 여행철이라 그래도 그렇지. 야근이 잦네
              요. 그럼 회사로 모셔다드릴게요.

영은   아, 아뇨. 전……

맞선남   괜찮아요. 안 그래도 어머님이가 곰에 가신다고

영은씨한테 할인 좀 받아오라는데. 직원할인 되죠?

상운 (오며) 저승길은 할인되도 관은 안 될 텐데요.

영은 고대리님.

맞선남 아는 분이세요?

영은 저기 그게요.

상운 염습하러 간다면서요?

준혁 고대리.

준혁, 상운을 끌고 간다.

맞선남 무슨 얘깁니까? 염습이라니?

영은 그게 말씀드리려 했는데…….

맞선남 (잠시 생각한다) 나한테 거짓말 했습니까?

영은 이, 일부러 그런건 아닌데…… 죄송해요.

맞선남 (황당하다) 그러니까 여행사 직원이 아니라 염쟁이다 이 말이죠?

영은 죄송해요.

맞선남 됐고! 당장 핸드폰에서 제 번호 지워주세요(맞선남 돌아서며) 염쟁이? 어이없네.

상운 (맞선남 앞에 서며) 상장례지도삽니다.

영은 고대리님.

맞선남 뭐요?

상운 염쟁이가 아니라 상장례지도사라구요.

맞선남 비켜요. 기분 엿같으니까.

상운 뭐가 엿같은데?

영은 왜 이러세요?

준혁 고대리.

준혁 뭐가 엿같냐구?

맞선남 다요! 그 중에서도 댁들같은 염쟁이. 됐습니까?

상운 (맞선남에게 주먹을 날린다) 상장례지도사라구 새끼야!

나뒹구는 맞선남.

영은 (맞선남에게) 괜찮으세요?

상운 당신 죽어. 당신 부모도 죽고, 당신 형제도 죽고, 세상 사람 다 죽어. 그래서 죽은 사람 잘 보내주겠다는데 그게 왜 엿같은데?

준혁 장례식장이야. 참아.

상운 너같은 새끼도 잘 가라고 닦아주고 입혀주는 게 빌어먹을 염쟁이라구. 알아!

영은 그만해요! 그런 말이 아니었잖아요 (맞선남에게) 죄송해요. 원래 저런 분이 아니신데.

맞선남　　(영은 뿌리치며 일어난다. 입가에 피가 난다) 재
　　　　　　수가 없으려니.

맞선남 영은을 노려보고 퇴장한다.
영은 쫓아나간다.

준혁　　　고대리답지 않게 왜그래요?
상운　　　나다운 게 뭔데요?
준혁　　　……

영은 다시 들어온다.

준혁　　　괜찮아요?
영은　　　네.
상운　　　(비꼬며) 자부심 느긴다면서요? 고귀하고 품위있
　　　　　　는 일이라며?
영은　　　죄송해요.
상운　　　오영은씨가 왜 나한테 죄송한데?
준혁　　　고대리.
영은　　　고모가 절 여행사에 다닌다고 말씀하셨었나봐
　　　　　　요. 처음부터 그렇게 알고 나오셨는데 차마 그
　　　　　　자리에서 아니라고 할 수 없었어요. 괜히 고모를

거짓말쟁이로 만드는 것 같아서…… 그래도 조만
간 얘기하려고 했어요. 진짜에요.

상운 조만간? 그냥 솔직하게 말하지 그래. 쪽팔려서
말 못했다구.

준혁 왜 이래요.(영은에게) 그만 들어가봐요.

영은 맞아요. 저 속물이거든요. 저 정도 남자가 날 좋
다는데, 일단은 모른 척 넘어가자. 나중에 좋아
지면 그 때 말해도 늦지 않겠지…… 저 정말 인
간 덜 됐나봐요. 두 분께 정말 죄송해요.(쳐다보
지 않는 상운에게 인사한다) 전 염습하러 가볼
게요.(돌아선다)

상은 오영은!…… 심술부려 미안해.

영은 아뇨. 부끄러운 짓 했어요. 저.

영은 퇴장한다.

상운 (애써 밝게 웃으며) 앗싸! 라이벌 퇴치!

어색한 침묵.

준혁 (상운의 머리 위를 쳐다보며) 비구름.

상운 (보는)

준혁 어디서부터 몰고 온거예요?

상운 난 그런 멋진 말 몰라요.

준혁 멋졌나?

상운 (피식 웃는) 염쟁이 고씨. 그게 우리 아버지 이름 이에요. 염쟁이 고씨…… 중학교 들어가기 전까지 난 염쟁이가 세상에서 제일 근사한 직업인줄 알았어요. 상가집에 가서 전 염쟁이 고씨 아들인데요. 그러면 고기도 주고, 떡도 주고…… 중학교 때 땡땡이치다 걸려서 엎드려 뻗쳐를 하는데, 담임이 그러더라구요. 니 뭐하는 집 자식이고? 그래서 자랑스레 말했죠. 나 염쟁이 고씨 아들인데요! 그랬더니 누가 그러라구요. 염쟁이? 염쟁이가 뭐고? 모르나? 시체 닦는 사람…… 그 다음은, 뻔 하죠. 여기서 수군 저기서 수군. 안됐다. 고상운이 아버진 염쟁이란다. 엄마야. 소름돋네. 염쟁이면 귀신도 붙어다니겠네…… 그 날 밤 아버질 잡고 엉엉 울었어요. 아버진 왜 하필 염쟁이야? 왜 하필 염쟁이냐구…… 그 후로도 쭉, 아버진 염쟁이 고씨였고, 이 고상운인 불쌍하고 무서운 염쟁이의 아들이었어요. 어쩜 개그맨이 되고 싶었던 것도, 난 무서운 사람 아니다! 그리고 불쌍한 사람은 더더욱 아니구! 그 말을 하고 싶어서였는지 몰라요.(눈물 고인다) 올라오는데 아버지가 그러시더라구요. 상운아. 이제 집에 오지 말어. 앞으로 TV도 나오고, 유명해질거인데, 느그 애비가 염쟁이라면 어쩌겠냐? 누가 느그 애빈 뭐하노? 물으믄 그냥 죽었다혀. 알겄나?(화를 삭이며) 염쟁이가 뭐 어때서? 그게 뭐 어때서?

나오다 듣고있던 달호 옆에 앉는다.

달호　　니 아버님이 그러셨다. 이건 일이 아니라 의식일세. 고인의 생을 갈무리하는 의식이고, 고인에게서 삶을 배우는 산 자들의 의식.

상운　　……

달호　　근데 난 아직도 의식을 치르는 게 아니라 일을 하고 있는 모양이야…… 아무리 생각해도 답이 안나오니.

숙연해지는 분위기.
준혁의 핸드폰 울린다.

준혁　　예. 제가 이준혁입니다만…… (놀란) 알겠습니다.

달호　　무슨 전화야?

준혁   선생님이 방금 임종하셨대요.

조명 어두워진다.

7장. 수목장

상운과 영은 추모수 밑의 땅을 파고 있다.

상운 (핸드폰 통화 중이다) 아! 보셨어요?…… 후광 장
난 아니죠? 조금만 기다리세요. 아버지 아들 대
스타는 시간문제니까…… 네. 끊습니다.(전화 끊
는, 자랑스레) 아들 TV 나왔다고 으쓱하시네. 봤
죠?

영은 뭘요?

상운 개콘에 나 나왔잖아요.

영은 언제요? 나 이번꺼 봤는데.

상운   귀곡캠프, 거기서 귀신으로 나왔는데, 못 봤어
요?

영은 아…… 그 귀신처럼 나타나서 귀신처럼 사라져간
그 귀신이요?

상운 그래도 동기 중에 무대에 선건 나 하나거든요.

영은 (혼자말로) 언제 나왔단 거야?

상운 내가 자랑같아서 말 안 하려고 했는데, PD가 나
보고 차세대 유재석이라던데. 내가 그렇게 호감
형인가?

영은 (삽을 탁 꽂으며) 놀러 오셨어요?

상운　개그맨이 신랑감 후보1위인거 알죠? 오영은씨 땡
　　　　잡은줄 알아.

영은　고대리. 아니지 이제 알바니까. 고상운씨 일당 까
　　　　이고 싶어요?

상운　빡빡하시네. 오늘 와인 한 잔 어때요? (주머니에
　　　　서 통장 꺼내며) 출연료가 들어왔네.

영은　(딱 잘라) 선약 있어요.

상운　(실망하는) 내일은.

영은　학원 가요.

상운　그럼 모렌?

영은　동창회

상운　됐어요. 됐어. 누군 안 바쁜 줄 아나.

영은　금요일은 집에서 TV 볼건데.

상운　오케이! 금요일.

영은　저 TV 본댔지 약속한다 안 했습니다.

상운 어이없다는 듯 웃는다.

준혁과 달호, 미순의 남편, 만식의 딸과 아들 등장한다.

준혁　여기가 선생님께서 직접 선택한 추모수입니다.

달호　초우제 지내고 가시겠습니까?

남편　네.

준혁 유골함에서 한지로 싼 유골가루를 꺼낸다.

딸 오열한다.

아들 딸을 달래듯 어깨로 감싼다.

준혁 유골가루를 남편에게 건넨다.

남편 유골가루를 구덩이에 넣으려다 차마 넣지 못하고 고개를 땅에 박고 운다.

남편　　이 사람아! 이 매정한 사람아! 나 혼자 어떻게 살
　　　　라구…… 남은 세월 나 혼자 어떻게 살라구. 이
　　　　매정한 사람아!

준혁　　(남편 옆에 앉으며) 그만 진정하세요.

남편　　나 보고 어떻게 살라구.

준혁　　선생님 편하게 보내주셔야죠.

아들　　엄마 알잖아요. 아버지 이러시면 엄마 걱정되서
　　　　이승 못 떠나요.

남편　　그래…… 평생 니 엄마 발목만 잡았는데, 놓아줘
　　　　야지…… 이제 놓아줘야지.

유골가루를 가슴에 꼭 껴안고 잠시 있다가 구덩이에 넣는 남편.

상운 흙을 덮는다.

딸　　　(오열하며) 엄마!…… 손자 보고 간다며? 손자 보

고 간다며!

아들   어머님도 지켜보실거야.

남편   웃으며 보내주기로 엄마랑 약속했잖아. 맘 편히
보내줘.

준혁   (남편에게 명패 주며) 직접 다시겠어요?

남편   (명패 받고 멍해 본다) 조. 미. 순…… 오랜만에
불러보네. 당신 이름. (한숨, 명패 건다) 이봐. 미
순씨 어때? 당신 이름으로 집 하나 얻으니 좋지?
이제 병수엄마, 수진엄마, 김태평이 마누라 졸업
하고, 조미순으로 잘 살아.

아들   엄마. 저 잘할게요. 아버지한테도 잘하고, 수진이
한테도 잘하고. 그러니까 하늘나라 가서 행복하
세요.

딸   엄마.

남편   수진이 너도 한 마디 해야지.

딸   (우는) 아빠.

남편   어서. 엄마랑 약속했었잖아.

딸   엄마…… 자주 올게. 나 자주 올게…… 그러니까
꼭 천당가야해. 알았지?

딸 갑자기 산통을 느끼는 듯 고통스러워한다.

영은	괜찮으세요?
딸	배가…… 아.
남편	수진아.
딸	애가…… (고통스러운)
영은	(수진을 일으키는데, 옷이 축축한 듯) 양수가 터졌나봐요.
남편	(아들에게) 얼른 앰블런스 불러.
아들	(전화하는) 여기 화목 수목장인데요. 산모가 지금 진통을 하는데. 빨리 좀 와주세요. 급해요.
달호	일단 사무실로 모시고 가자고.
영은	조금만 참으세요.
딸	아빠…… 악
남편	(딸의 손을 잡으며) 사무실이 어디요?
상운	(딸을 부축하며) 금방이에요.
영은	저 따라 오세요.

아들과 상운, 딸을 부축해 영은을 따라 나간다.

남편	덕분에 많이 고마웠소.
준혁	아닙니다.
달호	여긴 저희가 마무리할테니 빨리 따님한테 가보세요.

남편 인사하곤, 추모수를 한 번 쓰다듬곤 급하게 퇴장한다.

덩그라니 남은 달호와 준혁.

달호   이게 무슨 난리래. 한 사람은 가고, 한 사람은 오
         고.

준혁   다년생 생물이잖아요.

달호   (뭔소리야?하는)

준혁   꽃이 지고 또 피듯이, 죽는다고 정말 죽는건 아
         니니까.

달호   웬일이냐? 니가?

준혁   이상해요?

달호   갑자기 깨달음이라도 얻었냐?

준혁   전에 선생님이 그러셨어요. 다 잃는 것 같아도
         다 잃는 사람은 없다. 어쩌면 정말 그럴 수 있겠
         다 싶어요.

달호   그래…… 그럴거야. 그렇겠지 (한숨) 준혁아.

준혁   (보는)

달호   나 니 형수 보냈다.

준혁   괜찮으세요?

달호   생각보다. 조금 먼저 이별했다 생각하기로 했어.
         대신 집사람 장렌 내가 한다고 못 박았다.

준혁   잘 하셨어요.

달호	처음이자 마지막으로 남편 구실한거지 뭐. 니 말 듣고 곰곰이 생각해봤다. 정말 내 뜻대로 살았었나? 근데 정말 그렇더라. 가족을 위한다 어쩐다 말만 그랬지 결국은 내 욕심대로만 살았더라구.
준혁	성진인 뭐래요?
달호	얘기해야지. 이해할거야. 쿨한 놈이거든.
준혁	술 한 잔 할래요?
달호	(고개 저으며) 오늘은 그냥 혼자 있을란다.
준혁	술 고프면 전화하세요.
달호	그래.

달호 쓸쓸하게 돌아선다.

준혁	선배.
달호	왜?
준혁	회산 어쩔 거예요?
달호	넌 어쩔거냐?
준혁	전에 선배가 그랬죠? 먼저 떠난 사람이 인생의 선배라구. 좀 더 배워보려구요.
달호	시간 좀 걸릴거다.

달호 웃으며 퇴장한다.

준혁 추모수 앞에 선다.

준혁　　　(추모수 보며) 선생님, 도착하셨어요? 그리운 분
　　　　　　들은 많이 많나셨구요? 따님은 너무 걱정마세
　　　　　　요. 무사히 출산할거니까.

준혁 돌아선다.
그러다 발걸음 멈추고 고개 돌린다.

준혁　　　선생님 약속 지켜주실거죠? 저도 약속지킬게요.

준현의 엷은 미소 위로 조명 어두워진다.

8장. 봉안당

지훈의 봉안묘 앞에 국화꽃을 놓는 준혁의 아내.

준혁의 아내 옆에는 여행가방이 놓여져 있다.

준혁 들어온다.

준혁 아내 옆에 서서 국화꽃과 장난감 내려놓는다.

아내　　왔어?

준혁　　5주기잖아.

아내　　벌써 5년인가?(봉안묘 보며) 꽉 찼네. 지훈이 들어올 때만 해도 반은 비어있더니.

준혁　　그러게.

아내　　이별이 많아졌단 증거겠지?

준혁　　만남도 많아졌고.

아내　　(보는)

준혁　　이웃이 늘었잖아.

아내　　그렇네. 옆에도 위에도 아래도…… 지훈인 외롭지 않겠다.

준혁　　그럴거야.

아내　　(봉안묘들 보며) 우리 지훈이 잘부탁드립니다. 잘 부탁드릴게요. 어르신 우리 지훈이 잘부탁드려요.(멈춰서며) 지훈이 친구야(보며) 생일이 보름

차이야.

준혁 (아내 옆에 가서 선다) 그러네.

아내 미진아. 우리 지훈이랑 친하게 지내. 알았지?

준혁 (가방 본다) 어디 가?

아내 응.

준혁 어디?

아내 아프리카.

준혁 아프리카?

아내 사진 찍으러. 지훈이가 맨날 그랬잖아. 세렝게티 초원에서 얼룩말이랑 사자랑 노는 게 꿈이라구. 그래서.

준혁 좋겠다. 지훈이.

아내 생각해보면 한 번도 지훈이의 꿈에 귀 기울여 보지 못한 것 같아. 맨날 하지마! 안돼! 그만 해!…… 정말 못됐다. 그치?

준혁 (한숨)

아내 지훈이…… 우리 아들이라서 행복했었을까? 아니었으면 어쩌지?

준혁 사진…… 웃고 있잖아.

아내 다같이 제주도 갔었을 때야.

준혁 신나서 잠도 안 잤어.

아내 당신도 그랬어. 나도 그랬구. 그러고보면 우리도 많이 행복했었네.

준혁   달호 선배가 그러더라. 지훈이 웃고 있었다구.

아내   (보는)

준혁   마음 편하게 간거래. 그리고 좋은 곳으로 갔다는 신호구.

아내   (눈물 나는) 그렇겠지?

준혁   그럴거야.

침묵.

아내   (시계 보며) 시간이 이렇게 됐네. 가야겠다.

준혁   응. 말라리아 주사 꼭 맞구.

아내   이미 맞았이.

준혁   잘했어.

아내   술 너무 많이 먹지마.

준혁   응.

아내   (가방 들며) 지훈아 엄마 갔다올게. 갈게.

준혁   이거.(주머니에서 돈을 꺼내 준다)

아내   뭐야?

준혁   월급.

아내   (보는)

준혁   혹시 올지도 모른다 생각해서 챙겨왔어. 월급봉투 늘 당신한테 통째로 줬었잖아.

아내   (고개 저으며) 이제 우리 남이야.

준혁   남편으로서 마지막 월급이야. 받아줘.

아내   (받는) 그 동안 고마웠어.

준혁   (손 내밀며, 웃는) 잘 다녀와.

아내   (손 잡으며, 웃는) 진짜 이별이네.

준혁   세상에 영영 이별은 없어.

아내   …… 지훈이 잘 부탁해.

아내 가방 들고 돌아선다.

준혁   여보.

아내   (돌아본다)

준혁   그 여행 나도 동참시켜줄래?

아내   (놀라는)

준혁   사진 보내달라구.

아내   메일로 보낼게…… 그리고 혹시 지훈이 새엄마
          생기거든 연락줘. 축하메세지라도 보내게.

준혁   당신도.

아내   그럴게.

준혁   가.

아내 퇴장한다.

준혁 아내의 뒷모습을 한참이나 바라보다. 먹먹하게 지훈의 봉안묘 앞에 선다.

준혁   지훈아. 거긴 어때?

지훈소리   아빠!

부친소리   아들!

준혁   아버지?

지훈소리   할아버지랑 장기 두는 중이에요.

부친소리   이 놈이 한 수만 물러주라는데 고집이다. 하여튼 이 놈의 고집은 누굴 닮았는지.

지훈소리   당연히 할아버지 고집이죠.

미순소리   니 아버지 고집도 황소였다.

지훈소리   진짜요?

준혁   (입가에 웃음이 번진다) 선생님도 계시네요.

미순소리   목욕탕 비밀은 지켰다.

지훈소리   그게 뭔데요?

준혁   비밀이에요.

미순소리   비밀.

부친소리   지훈이 놈은 내가 잘 데리고 있을라니까 넌 니 놈 걱정이나 해! 썩을 놈.

준혁   네. 아버지 그럴게요.

부친소리 니 에미 속도 그만 썩이구. 주름이 자글자글하드
라 그 할망구.

준혁 (고개 끄덕)

지훈소리 할아버지 빨랑 두시라니까요.

부친소리 알았다. 알았어. 옛다! 장군이다.

할아버지와 준혁의 웃음소리와 함께.

옆에서 훈수를 두는 수많은 사람들의 소리가 아련하게 들려온다.

준혁의 입가에 환한 미소가 번진다.